KB176488

OR
젊음

OR

초판발행일 | 2017년 5월 5일

지 은 이 | 김주현
펴 낸 이 | 배수현
디 자 인 | 박수정
홍 보 | 배성령
제 작 | 송재호

펴 낸 곳 | 가나북스 www.gnbooks.co.kr
출 판 등 록 | 제393-2009-12호
전 화 | 031) 408-8811(代)
팩 스 | 031) 501-8811

ISBN 979-11-86562-57-4(03800)

※ 가격은 뒤 표지에 있습니다.

김주현
지 음

A or B 가 아니다
A or A+를 꿈꾸다

PROLOGUE

프롤로그

초등학생부터 성인까지 강의를 준비하고 진행하며 늘 생각했던 2가지가 있었습니다. 하나는 세상에 정말 훌륭한 사람들도 많고, 훌륭한 일들도 많다는 것이었습니다. 그리고 들었던 또 하나의 생각은 누구에게는 정말 도움이 되고 감동을 주는 문제의 해결책들이 또 다른 누군가에게는 별 도움이 되지 않고 오히려 상처가 될 수도 있다는 사실이었습니다. "행복해서 웃는 게 아니라, 웃어서 행복한 것이다." 라는 말을 늘 마음속에 새기며 강의를 해왔습니다. 그러던 어느 날 초상집에서 남편이 죽어 슬피 우는 어머니에게 딸이 하는 말이 들렸습니다. "엄마! 왜 이렇게 울어? 엄마가 우니까 전체 분위기가 우울하잖아. 이럴 때일수록 억지로 웃고 힘내야지." 마음속으로 딸이 잘하고 있다고 생각했는데 그 어머니께서 겨우 입을 떼며 말씀하시는 게 제 가슴을 때렸습니

다. "슬픈데 어떻게 안 우니? 다른 사람이고, 분위기고 다 필요 없다. 지금 내 가장 소중한 사람이 죽었다. 그래서 난 지금 울어야겠다." 슬플 땐 당연히 울고 풀어야 하는 것을 긍정이란 허울만 좋은 단어로 포장하려 했던 제 자신이, 여태껏 울고 싶은 친구들이 많았을 텐데 웃음만 강요했던 제 모습이 너무 부끄러웠습니다.

그날 이후로 다시는 나만의 의견을 고집하지 말아야겠다고 다짐하던 어느 날 모 대학교에서 강의가 끝나고 한 학생이 저한테 질문을 던졌습니다. "강사님, 제가 취업을 못 하는 이유가 얼굴 때문일까요? 그래서 제가 성형을 해야 할까요?"잠시 생각에 잠겼던 저는 어렵게 말을 꺼냈습니다. "외모가 많은 비중을 차지하는 현대 사회에서 성형 후 예뻐진 외모는 취업을 할 때 많은 도움이 될 거예요. 그러면 취업을 할 때도 많은 도움이 될 테니 취업의 속도가 훨씬 빨라질 거라 생각해요. 하지만 그 대신에 본인의 실력 성장은 속도가 더뎌지겠죠. 본인의 선택에 맡길게요. 더디지만 본인의 실력으로 인정받을지, 좀 더 빠른 겉모습으로 사회에 적응할지는요."

집에 돌아오며 생각에 잠겼습니다. '빠른 속도로 변화하는 세상에서 수많은 선택의 기로에 놓이는 젊은이들에게 무조건적인 조언이 아니라 좀 더 현명한 선택을 할 수 있도록 방향을 제시해주면 어떨까?' 그렇게 어설프지만 애틋한 노력으로 집필을 시작했습니다. 수많은 강의를 진행하고, 준비하며 고민하고 또 고민했던 이야기들을 풀어 놓았습니다. '어떻게 쓰면 좀 더 도움이 될까? 어떻게 전달하면 스스로 해결책을 찾을 수 있을까?' 쓰

면서도 고민이 많았습니다. 고민 끝에 내린 결론은 '사람들은 항상 Plan B를 준비한다. 그리고서는 이제 아무 문제가 없을 거라고 생각한다.'는 것이었습니다. 하지만 그것은 자신이 생각해 낸 보호막 안에서의 자기만족이 아닌 가 싶습니다. 그래서 'A or B'만 있는 것이 아니라 'A or A+'를 생각할 수도 있음을 전달하고 싶고, 다른 미래가 아니라 더 나은 미래도 충분히 생각할 능력이 있음을 이 책을 읽는 독자들에게 전달하고 싶었습니다. 또한 이 책을 앞으로 읽을 독자들에게서 저보다 더 훌륭한 혜안도 구해보려는 욕심도 조심스레 가져봅니다. 선택의 순간 조금이나마 고민을 덜기를, 조금이나마 도움이 되기를 간절히 바라며 글을 시작합니다.

CONTENTS

목 차

PART 1

전반전

#. 혼자 뭔가 하는 것이 두려워요 #. 인기가 많았으면 좋겠어요 #. 다른 사람에 비해 속도가 너무 더딘 것 같아요 #. 다른 사람을 웃길 수 있는 유머 감각을 갖고 싶어요 #. 제 미모에 자신이 없는데 성형을 해야 할까요? #. 하고 싶은 게 너무 많아서 꿈을 정하지 못하겠어요 #. 하고 싶은 일을 해야 하나요? 잘하는 일을 해야 하나요? #. 모태솔로를 탈출하고 싶어요 #. 제가 하고 싶은 일이 부모님과 맞지 않을 때는 어떡하죠? #. 착한 사람이 되고 싶은데 자꾸 제가 손해 보는 것 같아요 #. 한 우물만 파는 게 옳은 건가요? #. 잠이 너무 많아요 #. 공부하기 싫어요 #. 관심병이 있는 것 같아요

#. 혼자 뭔가 하는 것이 두려워요

Plan A 혼자 맞서기

눈을 떴을 때 단 한 번도
무서운 꿈을 꾼 적이 없어요.

무서운 꿈을 꾼 적은
언제나 눈을 감았을 때였어요.

두려움의 실체가
내가 생각하는 것이랑
다를 수 있어요.

이제 눈을 더 크게 부릅뜨고
맞서보는 건 어떨까요?

혼자 맞서기 VS 같이 맞서기

Plan A+ 혼자 맞서기

뭔가를 하는 게 두려울 때는 허풍을 먼저 쳐봐요. 아무것도 하지 못한다고 비웃음을 받는 것 보다는 허풍쟁이라고 비웃음을 받는 게 나아요.

큰 소리로 10가지 허풍을 쳤다면 적어도 거기서 2개는 이루려고 노력을 해봐요. 적어도 20%는 할 수 있잖아요. 전에 필자는 여자 100명의 전화번호를 따겠다고 친구들에게 호언장담을 했는데 실제로는 23명의 전화번호만 딸 수 있었어요. 겨우 20% 정도였지만 전 자신해요.

대한민국 남자 중에 100명의 여자들에게 말을 건 사람이 20%가 안 될 거라는 것을요.

#. 혼자 뭔가 하는 것이 두려워요

Plan B 같이 맞서기

혼자 하는 게 두렵다면

같이 하는 건 어떨까요?

단, 같이하자고 말하는 것까지

두려워하지는 않기입니다.

그렇게만 한다면

두려움을 해결하지 못하더라도

적어도 함께하는 친구는

하나 얻겠지요.

혼자 맞서기
VS
같이 맞서기

Plan B+ 같이 맞서기

누군가에게 뭔가를 같이 하자고 말하는 것조차 힘들 수도 있어요.

예전에 제가 마케팅 관련 공부를 한 적이 있는데, 거기서 이런 말이 있더라고요.

"거절을 인사라고 생각해라!"

그 이후부터 인사를 건넬 때마다 사람들이 하는 거절을 인사라고 생각하니까 말을 꺼내기가 두렵지 않더라고요. 가끔씩 저에게 모르는 전화번호로 마케팅 전화를 하는 분들은 아마도 이 비밀을 알고 계신 분들이라 생각합니다.

그럼에도 불구하고 100명 이상의 친구들에게 거절을 당한다면 101번째는 필자가 고민을 들어드릴게요.

#. 혼자 뭔가 하는 것이 두려워요

나만의 방법 써보기

나만의 방법으로 나만의 색깔을 한 번 찾아 봐요!

#. 인기가 많았으면 좋겠어요

Plan A 매력 찾기

인기가 많은 사람들은

대부분 매력 있는 사람들이죠.

그것도 대부분 압도적인 매력입니다.

예를 들면 이런 거죠.

'말을 잘 하거나,

키가 크거나,

얼굴이 잘 생겼거나,

공부를 잘 하거나,

돈이 많거나'

당신은 어디에 속하시나요?

매력 찾기
VS
자유롭기

Plan A+ 매력 찾기

이 세상에는 많은 매력이 있지만 그 매력이 압도적인 매력으로 남보다 훨씬 뛰어나 보일 때 사람들은 거기로 몰리게 되는 겁니다.

조인성, 전지현 님처럼 압도적인 외모와 키를 가지고 있지 않다면 다른 방법으로 매력을 키워야겠죠?

저는 그런 사람들을 많이 봤습니다.

자기만의 방식으로 공부 방법의 대가가 된 강성태 님

중년의 나이에도 몸짱으로 유명해진 정다연 님

유머와 몸에 밴 매너로 대한민국 넘버원 MC로 불리는 유재석 님

젊었을 적 많은 여행을 다니며 생각했던 것을 실행에 옮겨 '흥행 메이커'라 불리는 나영석 PD님

저는 개인적으로 글쓰기 매력을 찾는 중인데 당신은 어떤 노력을 하고 계신가요?

#. 인기가 많았으면 좋겠어요

Plan B 자유롭기

인기 연예인이 되고 싶은
친구들을 많이 봤습니다.

하지만 그런 친구들이 처음에는
모든 사람의 이목을 받으려고 애를 쓰고,

인기 연예인이 되고 나서는
모든 사람의 이목을 피하려고
애를 쓰는 모습도 많이 봤습니다.

매력 찾기 VS 자유롭기

Plan B+ 자유롭기

인기가 많은 사람은 살아가는 에너지가 다른 사람들의 관심이죠. 그래서 그 관심을 얻기 위해 자신의 진짜 모습보다는 가짜 모습을 보일 때가 훨씬 더 많아요. 더군다나 SNS같이 늘 자신의 일상생활을 밝히고 소통해야 하는 요즘 세상에서는요. 그럼에도 불구하고 관심에서 멀어지면 또 너무 힘들어하는 게 사실이에요.

사람에게 신이 허락한 희로애락의 감정을 표현하지 못하는 삶이 그리 행복하지만은 않은 것 같아요!

논어에 이런 말이 나와요.

"남이 나를 알아주지 않는다 하여 근심할 까닭이 없고, 오로지 내가 알아야 할 것이 무엇인지 찾을 일이다."

내가 먼저 자유로우면 내가 알아야 할 것이 무언지도 분명 보일 거예요. 그렇게 사람들의 관심에서 벗어나 내가 관심을 줄 사람을 찾아보는 건 어떨까요?

#. 인기가 많았으면 좋겠어요

나만의 방법 써보기

나만의 방법으로 나만의 색깔을 한 번 찾아 봐요!

#. 다른 사람에 비해 속도가 너무 더딘 것 같아요

Plan A 연습하기

연습하세요!!

달리기가 남보다 느리다면
달리기 연습을,

말의 속도가 남보다 느리다면
말하기 연습을,

시작이 느리다면
시작하는 연습을,

마무리가 느리다면
마무리하는 연습을 ….

연습하기 VS 여유롭기

Plan A+ 연습하기

예전에 운동을 했던 적이 있어요. 정해진 운동 시간 외에 연습을 너무 많이 해서 별명이 '완벽한 슈퍼맨'이 아닌 '똥슈퍼맨'이었던 적이 있었어요.

그래도 나름 자부심을 갖고 운동을 하던 어느 날 관장님께 물었어요.

"관장님! 연습하면 저도 실력이 많이 늘겠죠?"

관장님께서 말씀하셨어요.

"네가 아무리 100m 달리기 연습을 열심히 해도 우사인 볼트를 이길 순 없어."

관장님은 실망한 저에게 한 마디 말을 덧붙이셨어요.

"하지만 오늘 연습을 하면 오늘의 기록보단 내일의 기록이 더 나을 거다."

오늘도 전 어제보다 조금 더 나은 나를 위해 연습 중입니다. 아마도 내일 글이 오늘 글보다 훨씬 낫겠죠?

#. 다른 사람에 비해 속도가 너무 더딘 것 같아요

Plan B 여유롭기

어디서 들은 이야기인데
한 학교에서 선생님이 초등학교 4학년에게
시험 문제로 이런 문제를 냈답니다.

"사촌이 땅을 사면 어떻게 해야 할까?"

그 질문에 한 학생이
이렇게 답을 했다고 합니다.

"가서 본다."

연습하기 VS 여유롭기

Plan B+ 여유롭기

불과 얼마 전에 "자기 집이 얼마나 넓고, 어떤 차를 가지고 있느냐에 따라서 편을 가르고 친구를 왕따로 만든다."는 이야기를 들었는데, 앞 페이지 초등학교 4학년 학생의 이야기를 듣고 마음이 많이 따뜻해졌습니다.

강의를 진행할 때 이런 질문을 많이 던집니다.

"요즘 잘 지내시나요?"

"네"라고 대답하는 사람들이 생각보다 많지 않습니다. 대부분의 사람들이 자신의 속도가 사회보다 많이 뒤쳐져 있음에 불안한 거죠.

적어도 오늘은 당신을 조금 토닥거렸으면 하는 바람입니다. 당신이 생각보다 '괜찮은 사람'인걸 알았으면 하는 바람입니다.

#. 다른 사람에 비해 속도가 너무 더딘 것 같아요

나만의 방법 써보기

나만의 방법으로 나만의 색깔을 한 번 찾아 봐요!

#. 다른 사람을 웃길 수 있는 유머 감각을 갖고 싶어요

Plan A 색깔 갖기

아마 '남을 웃기고 싶다.'란 생각을 한 번도 안 해본 사람은 없을 거예요. 그만큼 유머러스한 사람은 매력적이죠.

하지만 재밌는 이야기인데도 내가 말하면 썰렁해지는 사람들도 꼭 있을 거예요. 익숙하지 않은 그 사람의 색깔을 억지로 입혀서 그래요.

모창을 하는 사람들은 100% 가까이 그 사람의 색깔을 연구했기에 다른 사람들에게 웃음을 줄 수 있는 거예요.

나는 무슨 색깔일까요?

색깔 갖기
VS
웃어주기

Plan A+ 색깔 갖기

전 아나운서 김성주 님이 MBC에서 프리 선언을 하고 나왔을 때 세상의 반응은 그리 따뜻하지 않았습니다. 다른 환경에 적응하려고 다른 기존 예능 MC들의 방송을 모니터하고 멘트를 일일이 받아 적는 등의 피나는 모습도 보였지만, 그냥 그렇게 잊히는 듯 했습니다.

하지만 그가 두각을 점차 드러냈던 건 따라할 필요가 없는 아빠 모습의 프로그램과 아나운서 시절 가장 자신 있었던 축구 중계에서였습니다. 이후 자신감을 얻은 그는 김성주라는 색깔로 대한민국에서 가장 잘 나가는 MC중 하나로 손꼽히고 있습니다.

아마 국민들이 기억하는 그의 모습은 억지로 웃기려는 모습이 아니라 모 프로그램에서 '바로'를 외치며 핏대를 돋우는 그만의 모습일 겁니다.

#. 다른 사람을 웃길 수 있는 유머 감각을 갖고 싶어요

Plan B 웃어주기

애석하게도 이런 고민을 갖고 있는 사람들은 대부분 '남을 웃기는 재능'이 별로 없는 이들이 대다수입니다. 물론 유머책을 읽고, 예능 프로그램을 보며 연습해서 나아지는 사람들도 있지만 타고난 유머감각을 따라가긴 힘들죠!

혹시 남들을 웃기고 싶은 이유가 내 매력을 보여주고 싶어서라면 활짝 웃는 모습으로 여유로운 '내 마음의 매력'을 어필하는 건 어떨까요?

색깔 갖기 VS 웃어주기

Plan B+ 웃어주기

KBS의 1박2일이란 인기 프로그램에서 인기투표를 진행하면 항상 선두권에 드는 인물이 바로 차태현 님입니다.

그는 다른 개그맨들처럼 사람들을 웃기는 캐릭터가 아닌데도 시청자들은 그를 좋아합니다. 더 웃긴 사실은 1박2일 멤버들도 그의 옆에서 방송하기를 누구보다도 원한다는 사실입니다.

누군가 이유를 물었습니다.

"차태현씨가 왜 그렇게 좋아요?"

누군가가 대답했습니다.

"태현이는 언제나 웃어줘요. 그럼 내가 하는 말에 자신이 붙어요. 그래서 태현이가 참 좋아요."

제가 이 사실 하나만큼은 확실히 압니다.

웃기는 것보다 웃어주는 것이 훨씬 쉽다는 것 말이죠.

#. 다른 사람을 웃길 수 있는 유머 감각을 갖고 싶어요

나만의 방법 써보기

나만의 방법으로 나만의 색깔을 한 번 찾아 봐요!

#. 제 미모에 자신이 없는데 성형을 해야 할까요?

Plan A 성형하기

산업혁명의 발생지 영국에서 증기기관으로 달리는 자동차 실험에 성공했음에도 불구하고 마차를 타는 기득권 세력 때문에 영국 정부는 자동차 산업을 뒤로 했고 결국에는 다른 나라들에게 그 황금 시장을 빼앗기고 말았습니다.

좋은 도구가 나한테 좋은 도움이 된다면, 그 도구를 구할 수 있다면, 또 쓸 수 있다면 굳이 남의 눈치를 볼 필요가 있을까요?

성형하기 VS 능력 키우기

Plan A+ 성형하기

매주 상위권에 랭크되는 웹툰이 하나 있습니다. 외모가 별로였던 주인공이 출중한 외모를 갖게 되면서 주위의 시선이 달라지고, 환경이 달라지면서 생기는 에피소드들을 그린 만화입니다. 만화뿐만 아니라 문학 작품, 영화, 드라마 등등 곳곳에서 '외모 만능주의'를 다루고 있습니다. 결국은 전부 현실을 반영한다는 것.

인기가 별로 없던 가수들이 성형을 하고 인기가 올라가는 현상을 보는 것도 어제, 오늘 일이 아닙니다. 이제는 오히려 당당하게 성형을 밝히면서 자신의 일에 최선을 다하는 이들의 모습도 많이 보입니다. 세상이 좋아하는 이미지로 세상과의 거리를 좁히고, 내 자신감을 키울 수 있다면 주저할 필요가 있을까요?

단, 위험하지 않게 전문의와 충분한 상담을 거치고 자신에게 맞는 변화이길 바랍니다.

#. 제 미모에 자신이 없는데 성형을 해야 할까요?

Plan B 능력 키우기

남녀가 길을 걸을 때

남자의 외모가 여자보다 떨어져 보이면

사람들은 보통

"남자가 돈이 많나보네, 남자가 능력 있네."

등의 얘기를 합니다.

대단하지 않습니까?

뛰어난 외모 없이도

미녀를 얻을 수 있는 능력?

성형하기
VS
능력 키우기

Plan B+ 능력 키우기

주연보다 조연 역할이 훨씬 많았던 배우 유해진 님의 말입니다.

"주연은 시나리오에 캐릭터에 대한 설명이 세세하게 나와 있는 반면에, 조연은 그러지 않아 배우가 그 인물의 과거와 현재가 어떤지 나름대로 스토리를 부여하고, 그 과정에서 연기가 많이 늘 수 있었습니다."

밤이 없는 낮은 없습니다. 언젠가 '낮'이라는 이름으로 세상에 '나'가 비춰졌을 때 '나' 뿐만 아니라 내가 준비한 능력까지 비춰질지 안 비춰질지는 여러분의 노력 여하에 달려 있지 않을까 싶습니다.

그리고 그 노력이 결코 쉽지 않음을 알기에 '그 열매의 맛'이 훨씬 더 나음을 전 믿습니다.

#. 제 미모에 자신이 없는데 성형을 해야 할까요?

나만의 방법 써보기

나만의 방법으로 나만의 색깔을 한 번 찾아 봐요!

#. 하고 싶은 게 너무 많아서 꿈을 정하지 못 하겠어요

Plan A 계속 꿈꾸기

잠을 잘 때 꾸는 '꿈'과

장래희망을 나타내는 '꿈'의 음이 같은 이유는

악몽을 꿀 수도,

돼지꿈을 꿀 수도 있는 것처럼

미래의 꿈도 자유롭고 무한하게

꿀 수 있기 때문입니다.

오늘도 꿈꾸세요.

혹시 알아요?

이번 생애 꿈을 이루지 못한 다면

다음 생애 또 한 번 기회가 주어질지?

계속 꿈꾸기 VS 먼저 시작하기

Plan A+ 계속 꿈꾸기

어렸을 적 '지금 내가 하는 일이 시간 낭비는 아닐까?' 하고 고민했던 적이 있었습니다.

하지만 가슴 아팠던 첫사랑은 저에게 진정한 사랑의 의미를 가져다주었고, 경호원이 되려 했던 경험은 저 자신에게 건강한 신체를 선물했고, 확신 없이 선택했던 학과는 글 다듬는 재주를, 추억이 아니라 쓸모없는 기억이라 여겨졌던 것들은 지금 저에게 소중한 글의 재료를 선물했습니다.

과거의 경험들이 지금의 나를 만들었듯이 지금 내가 꾸는 많은 꿈들이 지금의 나보다 훨씬 멋있는 미래를 나를 만들 거라 믿어 의심치 않습니다.

만약 의심했다면 미래에 영원한 기록으로 남을 이곳에 글을 남기진 않겠죠?

#. 하고 싶은 게 너무 많아서 꿈을 정하지 못 하겠어요

Plan B 먼저 시작하기

앞으로 뭘 해야 할지 모를 때는
대부분 뭔가 새로운 것을 하려 할 때입니다.

새로운 뭔가를 꼭 하려 하는 것보다
지금 하고 있는 것을 새로운 방법으로
시작해 보는 건 어떨까요?

그쪽이 훨씬 쉬울 것 같은 건
저만의 생각인가요?

계속 꿈꾸기
VS
먼저 시작하기

Plan B+ 먼저 시작하기

학교에서 강의를 할 때 아이들에게 늘 했던 말이 "간절히 원해라. 그러면 꼭 이루어질 거야."란 말이었는데 한 친구가 스펙도 하나 없이, 유명 H호텔에 정성스럽게 편지를 써서 면접의 기회를 얻고, 결국은 요리사로 취직해 꿈을 이뤄가는 모습을 보았습니다.

작가의 꿈을 말로만 되풀이하던 제가 오히려 그 학생의 모습을 보며 간절히 도전했고, 한 작품이 완성될 때마다 출판사의 문을 두드렸습니다.

모르는 곳의 문을 두드리는 건 많이 떨리는 일이고 예상치도 못했던 상황이 생길 수도 있습니다. 하지만 예상할 수 없는 일이기에 전 더 설레었고, 지금 그 설레는 글을 쓰고 있습니다.

#. 하고 싶은 게 너무 많아서 꿈을 정하지 못 하겠어요

나만의 방법 써보기

나만의 방법으로 나만의 색깔을 한 번 찾아 봐요!

#. 하고 싶은 일을 해야 하나요? 잘하는 일을 해야 하나요?

Plan A 둘 다 해보기

중국집에 가면 늘 고민을 하는 게

짜장을 먹을지,

짬뽕을 먹을지가

참 고민입니다.

그 고민을 해결해 준 것이 짬짜면입니다.

결국 둘 다 선택을 해보는 것이

아쉬움이 없는 선택일 거라 생각합니다.

우선 하나부터 시작하죠.

둘 다 해보기
VS
잘 할 때까지

Plan A+ 둘 다 해보기

초·중학 시절 받았던 상들 중 90% 이상이 글짓기 상이었습니다. 하지만 제가 하고 싶었던 건 운동이었고, 그 운동도 부모님의 반대로 꿈을 이룰 수 없었습니다.

결국 대학을 졸업하고 나서 아쉬움이 묻었던 경호원에 도전했고 6개월 정도 생활하고 나서야 내 길이 아님을 깨달았습니다.

이후 중간 중간 정리했던 글을 가지고 강의를 시작했고, 이제는 그 소중한 경험을 가지고 글을 쓰길 시작했습니다.

내 나이 37, 다시 한 번 도전할 일이 생긴다면 절대 망설이지 않겠습니다.

#. 하고 싶은 일을 해야 하나요?
잘하는 일을 해야 하나요?

Plan B 잘 할 때까지

하고 싶은 일을 하는 친구들은 많이 봤지만
하고 싶은 일을 오래하는 친구들을
많이 보진 못했습니다.

'하고 싶은 일 = 잘 하는 일' 로
만들지 못해서입니다.

하나 팩트 폭행을 하자면
공부가 재미없는 이유가 뭔지 혹시 아세요?
못해서입니다.
죽을 각오로 한 과목의 점수를 올리고서
그 과목에 대한 감정을 다시 한 번 느껴보세요.

둘 다 해보기 VS 잘 할 때까지

Plan B+ 잘 할 때까지

평소에 하고 싶은 일이 많았는데, 그 중 하나가 클라이밍이었습니다. 바쁘다는 핑계로 미뤄두다 최근에 시작했습니다. 위로 올라가는 걸로만 알았는데 초보 단계는 5m정도의 거리를 좌우로 왕복하는 것이었습니다. 평소에 팔힘은 자신이 있어서 호기롭게 도전했지만 왼쪽으로 갔다가 오른쪽으로 방향을 튼 순간 손가락에 힘이 풀려 떨어지고 말았습니다. 뒤에서 구경을 하던 한 아주머니가 비웃는 듯한 표정을 지으며 오르기를 시작했습니다. 그리고는 30분이 지나도 떨어지질 않는 것이었습니다. 그때 클라이밍이 재밌었던 건 그 아주머니였을까요? 저였을까요?

그때부터 전 새벽에도 운동을 가서 열심히 연습을 했습니다. 그렇게 2달 반 정도가 지났고, 지금은 저도 30분 이상 매달려 있을 수 있게 되었습니다.

그럼 질문!! 지금 전 클라이밍이 재밌을까요?

#. 하고 싶은 일을 해야 하나요?
잘하는 일을 해야 하나요?

나만의 방법 써보기

나만의 방법으로 나만의 색깔을 한 번 찾아 봐요!

#. 모태솔로를 탈출하고 싶어요

Plan A 찾아보기

어렸을 적 소풍을 가면
꼭 빼놓지 않고 했던 게임이
'보물찾기'였습니다.

전 아무리 찾아도 안 보이는데 하나도 아닌 2개, 3개를 막 찾아내는 친구들을 보면 너무 신기했습니다. 하나도 못 찾고 헤매는 모습이 딱했는지 한 친구가 엄청난 팁을 저에게 말해주었습니다.

"네가 선생님이라면 어디에 숨길까?
하고 한 번 생각해봐!"

이후 저는 보물찾기에 실패해 본 적이 없었습니다.

찾아보기
VS
멋진 솔로

Plan A+ 찾아보기

예전에 모 방송에서 한 여자 연예인이 이런 말을 하는 걸 들은 적이 있습니다.

"자기는 남자를 만나고 싶다고 하면서 카페에서 친구들끼리 만나 수다를 떠는 여자들을 보면 이해가 안 간다."고 하더라고요. "남자를 만나려면 남자들이 많은 곳에 가야하는데 여자들만 북적이는 곳에서 뭘 하는지 모르겠다."고요.

그녀는 카페보다 주로 술집에 간다고 합니다. 그것도 아주 예쁘게 차려 입고, 혼자. 참고로 지금 그녀의 남편도 그렇게 만나서 결혼했다고 합니다.

사자를 잡으려면 정글에 가야겠죠?
동물원이 아니라.

#. 모태솔로를 탈출하고 싶어요!

Plan B 멋진 솔로

2017년 처음 결혼한 이들의 평균 나이를 보니
남자는 32.6세, 여자는 30.0세로
모두 30대를 넘겼습니다.

옛날과는 확연히 다른 오늘을 살고 있습니다. 남들을 신경 쓰지 않고 자신만의 인생을 좀 더 즐기려는 젊은이들이 많아지고 있다는 사실입니다.

내 인생을 즐긴다는 것.
굳이 없는 내 반쪽을 찾는 것보다
늘 나와 함께 하는
내 인생의 즐거운 맛을 찾는 것도
괜찮지 않을까요?

찾아보기 VS 멋진 솔로

Plan B+ 멋진 솔로

영화감독이 되고 싶어 매일 촬영장을 기웃거리며 소일거리를 받아 오고, 그것도 여의치 않을 때는 알바를 하면서 생활비를 버는 친구가 한 명 있습니다.

대머리이고, 옥탑방 월세에, 차도 없어 스쿠터를 타고 다니는데 늘 그의 주위엔 여자들이 넘쳐 납니다. 그 중엔 정말 예쁜 친구들도 많아서 제가 솔로였을 땐 몇 명 소개받은 적도 있었습니다.

하지만 늘 솔로를 고집했던 그 친구가 이해가 되지 않아서, 하루는 물었습니다.

"너는 왜 여자를 안 사귀는 거야?"

그의 대답은

"여자들이 싫은 건 아닌데 지금 내가 하고 싶은 일보다 좋진 않아. 그냥 그 이유뿐이야."

#. 모태솔로를 탈출하고 싶어요!

나만의 방법 써보기

나만의 방법으로 나만의 색깔을 한 번 찾아 봐요!

#. 제가 하고 싶은 일이 부모님과 맞지 않을 땐 어떡하죠?

Plan A **개개기** (개기기)

개개면 무조건 상대방의 기분이 나쁩니다.

그래서 개개는 건
둘 중 하나를 선택해야할 때만
최후의 수단으로 써야합니다.

그리고 개갤 정도로
충분히 내 의견이 맞았음을
증명할 수 있어야
상대방과의 관계를 유지할 수 있을 겁니다.

개개기(개기기) VS 타협 하기

Plan A+ 개개기 (개기기)

예전에 중학교 진로 강의를 진행하고 돌아오는 길에 한 여학생에게서 전화가 왔습니다. 그 학생의 고민은 여상을 가고 싶은데 엄마가 반대한다는 것이었습니다. 전교에서 몇 등 하냐고 물었더니 전교 2등이라는 말을 듣고 어머니의 마음이 이해가 되기도 했습니다. 그래서 다시 한 번 물었습니다.

"굳이 상고에 가고 싶은 이유가 뭐야? 그 성적이면 특목고도 갈 수 있을 텐데…."

"전 이곳 최초의 은행 여점장이 되는 게 꿈이거든요."

전 어른과 아이가 동시에 의견을 낸다면 보통은 '어른의 의견이 맞다.'고 생각합니다. 그 경험을 무시할 순 없으니까요. 하지만 이유를 댈 수 없는 주장이라면 전 '이유가 있는 학생의 의견이 맞다.'고 생각합니다.

그렇게 그 친구는 여상을 선택했고, 지금은 국X은행에서 여전히 점장의 꿈을 안고 열심히 도전 중입니다.

#. 제가 하고 싶은 일이 부모님과 맞지 않을 땐 어떡하죠?

Plan B 타협 하기

옛날에는 가정에서 부모님과 자식 사이의 갈등은 많이 찾아볼 수 없었습니다. 부모님의 말이 곧 법이던 시대적 환경이 있었기 때문입니다.

그 시절 부모님들의 자식들이었던 우리 부모님들은 환경이 바뀐 지금, 너도 나도 제 목소리를 내는 우리 아이들이 적응이 되지 않는 겁니다. 물론 우리 친구들도 적응이 되지 않는 건 마찬가지겠죠?

개개기(개기기) VS 타협 하기

Plan B+ 타협 하기

예전에 한 학생이 저에게 고민을 털어놓은 적이 있습니다. 자기는 컴퓨터 게임을 너무 좋아하는데 엄마는 너무 싫어한다는 것이었습니다. 그래서 하나 제안을 했습니다.

"엄마는 너의 미래를 걱정하는 거니까 확실한 미래를 보여주면 어떨까?"

"어떻게요?"

저는 어머니께 전화를 걸어 한 달 동안 게임을 실컷 하는 대신 아이가 게임으로 전교 5등 안에 들기로 약속을 했습니다. 단, 조건은 약속을 지키지 못할 경우 또 한 달은 무조건 어머니의 말을 듣는 것이었습니다. 그 학생은 게임을 잘하는 친구들이 그렇게 많이 있음을 깨달으며 실패를 했고, 어머니는 아니나 다를까 한 달 동안 공부를 명했습니다. 최근에 어머니와 했던 타협이 호주에서 공부를 하는 것이었습니다. '치위생사'를 꿈꾸며, 도전하는 그 녀석이 갑자기 보고 싶습니다.

#. 제가 하고 싶은 일이 부모님과 맞지 않을 땐 어떡하죠?

나만의 방법 써보기

나만의 방법으로 나만의 색깔을 한 번 찾아 봐요!

#. 착한 사람이 되고 싶은데 자꾸 제가 손해 보는 것 같아요

Plan A 네가 최고

지금까지도 많은 사람들에게
사랑을 받고 있는 종교의 신들을 보면
공통점이 하나 있습니다.

자기보다 다른 사람들을 위해
희생한다는 점입니다.

그분들은 모두 지금 남에게 베푸는 선행이 결국은 자신에게 사랑과 존경으로 돌아올 것임을 아는 지혜가 있었나 봅니다.

네가 최고 VS 내가 최고

Plan A+ 네가 최고

미국에서 9·11 테러가 있고 나서 모든 항공사들이 적자에 허덕이고 있을 때, '사우스웨스트 항공'은 유일하게 흑자 경영을 하며 시장 점유율을 높였습니다.

그 원동력은 '희생'이었습니다.

경영진들은 급료를 40%나 줄이면서 모범을 보였고, 일반 직원들도 20%나 급료를 삭감하면서 해고 위기에 처한 동료들을 구했습니다. 순간의 위기 해결에만 급급했던 타 항공사의 운영 방침과는 사뭇 다른 모습이었습니다. 지금 당장의 손해보다도 모두가 행복한 미래를 생각했던 거죠. 그 착한 결정으로 사우스웨스트 항공의 모든 직원들은 서로를 신뢰하게 되었고, 그렇게 생긴 시너지는 고객들에게도 최고의 서비스를 제공하는 데 있어 큰 힘이 되었습니다.

오늘도 착한 결정 하신 거 맞으시죠?

#. 착한 사람이 되고 싶은데 자꾸 제가 손해 보는 것 같아요

Plan B 내가 최고

나를 사랑하지 않고 남을 사랑할 수는 있습니다.

하지만 나를 사랑하지 않으며 하는 사랑은
너무나 당연한 것으로 여겨져
결코 그 상대방에게서 사랑을 받을 수 없습니다.

나를 사랑할 때 내가 가치 있음을 알게 되고,
그런 내가 사랑을 베풀 때
그 사랑이 가치 있는 사랑이 될 수 있을 겁니다.

네가 최고 VS 내가 최고

Plan B+ 내가 최고

예전 해병대에 근무를 하던 당시 늘 후임들에게 친절했던 '천사해병' 선임이 있었습니다. 그리고 같은 내무실에 늘 후임들에게 공포심을 주었던 '악마해병' 선임도 있었습니다.

그런데 이상했던 건 '천사해병'선임이 어쩌다 화를 한 번 내면 후임들이 뒤에서 손가락질하며 욕을 했고, '악마해병'선임 어쩌다 한 번 친절하게 대해주면 그 선임이 최고인양 후임들은 손가락을 치켜세웠습니다.

꼭 내가 천사일 필요는 없습니다. 천사는 신이 주신 선한 일들을 어디선가 하고 있을 테니 '나'는 자연스럽게 내 감정을 표현할 줄 아는 '보통사람'이 되어 보는 건 어떨까요? '보통사람'이 요즘은 더 사랑받는 거 아시나요?

#. 착한 사람이 되고 싶은데 자꾸 제가 손해 보는 것 같아요

나만의 방법 써보기

나만의 방법으로 나만의 색깔을 한 번 찾아 봐요!

#. 한 우물만 파는 게 옳은 건가요?

Plan A 한 우물 파기

요즘 TV 프로그램들을 보면
'달인'이란 단어를
심심치 않게 볼 수 있습니다.

'달인'의 사전적 의미는
'학문이나 기예에 통달하여
남달리 뛰어난 역량을 가진 사람'입니다.
달리 말하면 '전문가'란 뜻이죠.
더 정확히 말하면
'그 분야의 전문가'란 뜻입니다.

단, 그 분들은 돈을 좇은 것이 아니라
본인들의 업을 좇은 것임을 명심해야 합니다.

한 우물 파기
VS
여러 우물 파기

Plan A+ 한 우물 파기

요즘 TV 프로그램들을 보면 평소에 잘 볼 수도 없는 요리사들이 멋있게 음식을 만들어내는 모습을 흔히 볼 수 있습니다. 소위 '쿡방 전성시대'라고 사람들이 부를 정도입니다.

한 프로그램에서 15분 내에 냉장고에 있는 재료들을 가지고 뚝딱 요리를 만들어내는 모습을 보고, 저도 똑같이 도전해 본 적이 있습니다. 하지만 전 15분 동안 요리를 만들기는커녕, 비슷한 맛도 내기가 힘들었습니다.

그 프로그램에 나왔던 요리사들 중 한 분이 이렇게 말씀하시는 걸 들었습니다.

"전 직진 말고는 옆길도, 돌아갈 길도 없었어요. 무조건 버텼죠. 사람들이 저보고 대가라고 부르는데 많이 어색합니다. 저는 그냥 43년간 요리를 사랑해 온 주방장입니다."

#. 한 우물만 파는 게 옳은 건가요?

Plan B 여러 우물 파기

과거 역사를 바꿀 정도로
위대한 업적을 남겼던 학자들은
예술가이면서, 의사면서, 수학자이면서
동시에 철학자인 사람들이 많았습니다.

'지금'이라는 역사의 주인공인 우리들이
좀 더 다양한 선택으로, 다양한 미래를
후손들에게 선물해 보는 건 어떨까요?

한 우물 파기
VS
여러 우물 파기

Plan B+ 여러 우물 파기

한 TV 프로그램에서 일본의 장인이 만든 명검과 미국의 한 회사에서 만든 기관총이 대결하는 모습을 본 적이 있습니다.

몇 발을 쏴도 칼날이 무뎌지지 않을 거라 자신했던 장인의 기대와는 달리 10초도 되지 않아 칼은 부러지고 말았습니다.

더 재밌는 사실은 기관총보다 더 센 무기는 셀 수 없이 많다는 겁니다. 너무도 다양화되는 세상에서 한 분야에서 살아남기란 쉽지 않습니다.

그래서 요즘 뜨고 있는 것이 '퓨전(융합)'입니다.

여러 우물을 파다 보면 물보다 더 귀한 자원도 찾을 수 있음을 명심했으면 합니다.

#. 한 우물만 파는 게 옳은 건가요?

나만의 방법 써보기

나만의 방법으로 나만의 색깔을 한 번 찾아 봐요!

#. 잠이 너무 많아요

Plan A 잘 수 있는 일 찾기

잠을 자려면

잠을 잘 수 있는 공간이 있어야 합니다.

부모님 슬하에서는

아무 대가없이 제공되지만

스스로 책임을 져야하는

성인이 되고 나서는 상황이 다릅니다.

자는 건 길거리에서도 잘 수 있지만

편하게 잘 수 있는 공간이 필요하다면

'경제적 여유'와 '그것에 대한 대가'가

필요할 것입니다.

잘 수 있는 일 찾기 VS 좋아하는 일 찾기

Plan A+ 잘 수 있는 일 찾기

'연예인들은 작품 활동을 하지 않을 때는 할 일이 없으니 몸도 푹 쉬고, 잠도 푹 자겠다.'고 생각했었는데, "일이 없으면 불안해서 쉬질 못하고, 또 일이 많을 때는 연이은 촬영에 잠을 자기가 힘들다."는 말을 들었습니다.

그럼 자영업은 자기가 사장이니까 마음대로 푹 잘 거라 생각했는데 그 일도 "잘 안 되면 불안해서 쉬질 못하고, 또 일이 많을 때는 일처리 때문에 쉬기가 힘들다."고 들었습니다.

그럼 결론은,

잠을 많이 자도 나를 자르지 못하는 회사에 들어가거나 저처럼 작품을 만드는 예술가가 되면 되겠네요.

쉽지는 않겠지만 잠을 포기할 수 없다면 그 정도 각오는 해야겠지요?

#. 잠이 너무 많아요

Plan B 좋아하는 일 찾기

잠을 자면서 할 수 있는 단 한 가지 일은
바로 '꿈꾸기'입니다.
그 외에 꼭 해야 할 일이 없거나,
하고 싶은 일이 없다면 일어날 이유가 없겠죠?

피곤함을 뒤로 하면서까지
하고 싶은 일을 찾아보면 어떨까요?
아니면 꼭 해야 할 일을 억지로 만들어
스스로에게 긴장된 상황을 만들어주는 건
어떨까요?

잘 수 있는 일 찾기
VS
좋아하는 일 찾기

Plan B+ 좋아하는 일 찾기

저희 고모는 잠이 너무 많았습니다. 이틀 동안 잠만 자서 할머니가 죽었나 하고 살피던 순간도 있었답니다. 그런 고모가 지금은 디자인 회사에 다닙니다.

고졸인 고모가 처음 디자인 회사에 들어가려고 학원을 다닐 때였습니다. 돈을 벌어야 하는 학원 원장님이 그만두라고 권유할 정도로 그림 솜씨가 형편없었답니다. 그래도 고모는 언제나 "난 너무 잘 그린 것 같은데!"라고 얘기하며 꿈을 이어갔답니다.

지금은 고모가 그 회사의 수석 디자이너로 또 다른 꿈을 꾸고 있다고 합니다. 대신 쉬는 날 깨어있는 고모를 볼 수가 없어 아쉬움이 좀 남을 뿐입니다.

#. 잠이 너무 많아요

나만의 방법 써보기

나만의 방법으로 나만의 색깔을 한 번 찾아 봐요!

#. 공부 하기 싫어요

Plan A 공부 대상 바꾸기

어른이 된 저자 입장에서
조심스럽게 얘기를 꺼내자면
세상에 공부가 필요 없는 일은 없습니다.

공부의 사전적 의미는
'학문이나 기술을 배우고 익힘'입니다.
기술을 익히는 것 또한 '공부'란 의미입니다.

이 세상 모든 일에 공부가 필요하다면,
그래서 꼭 해야 한다면,
내가 하고 싶은 공부를
먼저 찾아보는 건 어떨까요?

공부 대상 바꾸기 VS 공부 방법 바꾸기

Plan A+ 공부 대상 바꾸기

한 특성화고에 강의를 간 적이 있었습니다.

강사 대기실로 가던 도중 한 실습실에서 학생들이 뭔가를 열심히 만드는 모습을 보고 걸음이 멈춰졌습니다.

강의 시작 전에 질문을 먼저 던졌습니다.

"아까 뭘 그렇게 열심히 만드는 거였어?"

표정이 밝은 한 친구가 대답했습니다.

"게임에서 걸을 때 직접 발에 느낌이 나도록 진동 센서를 만드는 중이었어요. 저번에 카이스트 교수님들 앞에서 한 번 시연도 했는데 잘한다고 칭찬도 받았어요."

대답을 했던 학생들뿐만 아니라 그 반에 있던 학생들 모두가 눈이 반짝 거리는데, 그 전 주에 특목고에서 국, 영, 수 공부로 다크서클이 턱 끝까지 내려왔던 학생들의 모습이 떠올라 씁쓸함이 좀 남는 순간이었습니다.

#. 공부 하기 싫어요

Plan B 공부 방법 바꾸기

다른 결과를 만들기 위해서는
다른 방법을 써야 합니다.
재미는 정해진 범주를 벗어날 때 생기는 겁니다.

공부의 목적을 포기할 게 아니라면,
지금 공부하는 과정이 재미가 없는 거라면,
방법을 바꿔보는 건 어떨까요?
그럼 더 재밌는 결과가 나올 것 같아서요!

공부 대상 바꾸기
VS
공부 방법 바꾸기

Plan B+ 공부 방법 바꾸기

학습코칭을 진행하고, 학습코칭을 연구하다보니 많은 학습법들을 보게 됩니다.

'기적의 학습법, 하브루타 교육법, 속독법, 하버드 학습법' 등 수많은 타이틀의 학습법들이 우리에게 공부 방법을 제시하고 있습니다. 하지만 그런 공부 방법들은 참고할 만한 방법들이지 나에게 꼭 맞는 방법은 아닙니다. 그래서 다양한 방법을 써보길 추천합니다. 또 하나의 팁을 드리자면 한 과목, 한 순간이라도 좋으니 내가 할 수 있는 한 최고의 점수를 맞아보는 겁니다. 그 쾌감을 놓치기가 생각보다 쉽지 않을 겁니다.

대한민국 교육의 성지, 노량진에서는 오전 8시부터 오후 11시까지 15분씩 2번을 제외하고는 일체의 수면 없이 공부를 진행한다고 합니다. 우리 이제 '독한 공부' 말고 '똑똑한 공부' 한 번 해보죠!

#. 공부 하기 싫어요

나만의 방법 써보기

나만의 방법으로 나만의 색깔을 한 번 찾아 봐요!

#. 관심병이 있는 것 같아요

Plan A 건강한 관심

관심을 받는다는 건 기분 좋은 일입니다.
본인에게 매력이 있다는 게 증명된 것이니까요.

하지만 매력은 본인이 판단하는 게 아니라
지켜보는 사람들이 판단하는 겁니다.

순간적인 자극으로 관심을 받을 순 있지만,
무리수가 기반이 된 관심은
그리 오래 가지 않을 거라 생각합니다.

건강한 관심 VS 왕따 연습

Plan A+ 건강한 관심

요즘 시대에 가장 많은 관심을 받는 사람 중에 한 명이 코미디언 유재석 님이라고 생각합니다.

동료 연예인들이 그를 이렇게 표현하는 말을 들은 적이 있습니다.

"유재석은 카메라가 있을 때와 없을 때가 다르다. 카메라가 없을 때가 더 인간적이고 친절하다."

평소의 내 모습이 꾸며진 모습이 아니고, 자연스러운 모습인데 사람들이 함께 한다면 그것이 정말 건강한 관심이고, 오래가는 관심이 아닐까 생각해봅니다.

터키 속담에 이런 말이 있습니다.

"한 사람을 제대로 알려면 그 사람의 이웃에게 물어라."

오늘 내 이웃에게 따뜻한 친절을 먼저 베풀어보는 건 어떨까요?

#. 관심병이 있는 것 같아요

Plan B 왕따 연습

생각보다 많은 사람들이
왕따 경험을 했다고 고백합니다.
그리고 그 중에는 자기가 맡은 분야에서
최고의 실력을 발휘하는 사람들이 많이 있습니다.

아마도 왕따로 혼자 있는 시간이 많았을 때,
많은 생각을 하고,
또 많은 다짐을 하지 않았을까요?
그래서 지금은 누구나 보고 싶어 하는
관심의 대상이 되지 않았을까
조심스럽게 추측해봅니다.

건강한 관심 VS 왕따 연습

Plan B+ 왕따 연습

왕따의 장점을 5가지만 말해보겠습니다.

1. 혼자 맛난 걸 독차지 할 수 있다.
2. 혼자 있으니 어떤 스케줄도 내 맘대로 꾸릴 수 있다.
3. 혼자 있으니 평가받을 일이 없다.
4. 혼자 있으니 새로운 누구든 만날 수 있다.
5. 혼자 있어도 가족은 있다.

멋있는 사람은 사람들의 관심이 있어야 존재 가치가 있지만, 멋있는 왕따는 굳이 사람들의 관심이 필요 없습니다.

이제 사람들의 판단에서 벗어나 자유롭게 나만의 가치를 증명해 보는 건 어떨까요?

#. 관심병이 있는 것 같아요

나만의 방법 써보기

나만의 방법으로 나만의 색깔을 한 번 찾아 봐요!

PART

②

후반전

#. 직업 안 가지고 알바만 하며 살면 안 되나요? #. 전 솔로가 좋은데 자꾸 옆에서 눈치를 줘요 #. 야동을 끊을 수가 없어요 #. 사람들 앞에만 서면 떨려서 말을 못 하겠어요 #. 매사가 너무 부정적인 것 같아요 #. 매일 경쟁에 숨 막혀 죽을 것 같아요 #. 자꾸 사람을 외모로 판단하게 돼요 #. 선택 장애가 있어요 #. '열정페이'를 계속 견뎌야 하나요? #. 혼자서 밥을 못 먹겠어요 #. 물만 먹어도 살이 쪄요 #. 거절을 못하겠어요 #. 저도 애인한테 큰 소리 치고 싶어요 #. 제 주변에 적이 너무 많아요

#. 직업 안 가지고 알바만 하며 살면 안 되나요?

Plan A 프리랜서

'아르바이트'는 '임시로 하는 일'을 말합니다.
즉, 임시로 하는 일이지
평생 할 수 있는 일이 아니란 소립니다.

인생은 평생을 살아야 하는 것인데
대부분의 아르바이트는
내가 원할 때마다 주어지는 일이 아닙니다.

그럼 대안으로 이건 어떨까요?
내 일을 내가 선택할 수 있는
'프리랜서' 말입니다.

프리랜서 VS 천직

Plan A+ 프리랜서

우리나라에서 말하는 프리랜서는 영어로 'freelance', 서양 중세 시대에 자유(free)롭게 창(lance)을 썼던 창기병에서 유래된 말입니다. 유능한 창기병들은 대의명분이나 도덕적가치관에 상관없이 맞는 보수만 제시하면 그 영주와 계약을 하고, 그를 위해 싸웠습니다. 그래서 오늘날 '프리랜서'는 집단이나 조직의 구속을 받지 않고 자신만의 능력으로 계약을 맺고, 일을 진행하는 사람을 말합니다. '아르바이트'와 다른 점은 본인의 급여를 본인이 정할 수 있다는 점입니다.

우리나라 최고의 MC중 한 명으로 꼽히는 송해 선생님은 90세를 넘기셨지만 아직도 구수하고 탁월한 언변의 프리랜서로 '전국노래자랑'이라는 장수 프로그램을 진행하고 계십니다.

어때요? '프리랜서'로서의 삶은?

#. 직업 안 가지고 알바만 하여 살면 안 되나요?

Plan B 천직

주위를 둘러보면 아르바이트로 일을 시작했는데 그 일을 직업으로 삼고 살아가는 사람들이 의외로 많습니다.

자신의 재능이 무엇인지, 자신이 좋아하는 일이 무엇인지 모르고 택한 길이었는데, 너무나 적성에 맞는 일이어서 천직이 되어버린 겁니다.

하지만 아르바이트를 게을리 했는데도 천직이 된 걸 본 적은 단 한 번도 없었습니다.

프리랜서 VS 천직

Plan B+ 천직

대학생 시절 한 피자 가게에서 일한 적이 있었습니다. 하루는 점장님께서 도우를 가지고 피자 만드는 법을 가르쳐 주셨는데, 저보다도 늦게 들어온 아르바이트 후배는 모양이 예쁘게 나오는데, 전 삐뚤삐뚤 하나도 예쁜 게 없었습니다. 별 것도 아니었지만 전 제 일이 아니라고 생각하고 그날 일을 그만두려 했습니다. 그런데 점장님께서 어떻게 눈치를 채셨는지 일이 끝나고 집에 가려는 저를 붙잡고 이런 말씀을 해주셨습니다.

"내가 고등학교 2학년 때 이 일을 시작했는데, 만드는 피자마다 모양이 예쁘질 않아 실망하고 있을 때 사장님이 그러시더라. '넌 매일 다른 모양의 피자를 만드니 손님들이 다양한 맛을 볼 수 있겠구나.'라고 말이다."

누구보다 피자 만드는 일을 좋아했던 그 시절의 점장님이 지금은 3개의 체인을 거느린 어엿한 사징님이 되셨습니다.

#. 직업 안 가지고 알바만 하여 살면 안 되나요?

나만의 방법 써보기

나만의 방법으로 나만의 색깔을 한 번 찾아 봐요!

#. 전 솔로가 좋은데 옆에서 자꾸 눈치를 줘요

Plan A 솔로 탈출

솔로가 좋다는 건
지금 인생이 너무 즐겁다는 건데
커플로 지내는 인생도
이번 기회에 한 번 즐겨보는 건 어때요?

어차피 커플이 실패하면 솔로일 텐데
손해는 아니잖아요.
그다음 확실히 주위 사람들한테 말해주세요.
거만한 목소리로
"연애 해봤는데 별거 아니더라."
라고 말이에요.

솔로 탈출 VS 매력적인 솔로

Plan A+ 솔로 탈출

'카사노바'만큼은 아니지만 정말 많은 여자를 만났던 한 친구를 알고 있습니다. 그런데 진지한 만남을 가질 생각은 없는 것 같아 물었습니다.

"야! 넌 왜 여자랑 사귀진 않는 거냐?"

"뭐 하러 관계에 얽매이냐? 자유롭게 즐길 일이 얼마나 많은데."

그랬던 친구가 운명의 여자를 만나더니 지금은 벌써 아이 셋의 아빠입니다.

최근에 질문을 던진 적이 있습니다.

"자유롭게 즐길 일이 훨씬 많다더니 지금은 어때?"

"같이 즐기는 건 2배, 3배 이상이더라고, 넌 뭐 하냐? 결혼 안 하고?"

#. 전 솔로가 좋은데 옆에서 자꾸 눈치를 줘요

Plan B 매력적인 솔로

내가 지금 하는 일이 너무 재밌다면
주위에서 조언보단 질문을 할 겁니다.

"우와, 재밌겠다. 나도 하고 싶은데,
어떻게 하는 거야?"

하지만 지금 내가 하고 싶은 일이
평범하거나 재미없어 보인다면
아마 평범한 조언들을 던질 겁니다.

"지금 애 낳아도 노산인 거 알지?"
"동남아시아라도 가 봐."

솔로 탈출
VS
매력적인 솔로

Plan B+ 매력적인 솔로

누구나가 인정하는 매력적인 형 1명과, 누나 1명을 알고 있었습니다. 형은 캠핑에 미쳐 지냈고, 누나는 일에 미쳐 있었습니다.

둘이 좋은 인연이 될 것 같아 정말 힘들게 누나를 형이 있는 캠핑장으로 데려갔습니다. 물론 그 형을 소개시켜 주기 위함이었지요.

결과는 어땠을까요?

서로의 멋진 케미 시너지를 기대했지만 첫 날 둘이 싸우더니 누나는 집으로 가버렸습니다.

매력적인 장미에 가시가 있듯, 매력적인 솔로는 쉽게 잡을 수 없는 꽃인가 봅니다.

이후 전 자신의 일에 미쳐있는 사람들은 미친 사랑으로 사람을 만날 때까지는 내버려두기로 결심했습니다.

#. 전 솔로가 좋은데
옆에서 자꾸 눈치를 줘요

나만의 방법 써보기

나만의 방법으로 나만의 색깔을 한 번 찾아 봐요!

#. 야동을 끊을 수가 없어요

Plan A 없애지 말고 줄여라

끊을 수가 없다면 먼저 줄여보는 건 어떨까요?
주말에만 본다든지, 아님 주중에만 보는 걸로
스스로 약속을 하는 거죠.

야동을 보는 것이 꼭 나쁜 것만은 아닙니다.
사람이라면 응당 갖고 있는 성적 호기심을
일부러 억누르며 생기는 스트레스가 더 크다면
오히려 그게 더 불행이 될 수 있겠죠?

없애지 말고 줄여라
VS
현실을 즐겨라

Plan A+ 없애지 말고 줄여라

대학생 시절, 노트북에 야동이 있는 걸 깜빡하고 후배에게 노트북을 빌려줬는데, 돌려받을 때 후배가 음흉한 웃음을 지으며 말을 건넸습니다.

"형도 야동을 보네요!"

"아니야, 그거 내가 본 거 아니야."

저도 모르게 입 밖으로 거짓말이 나왔고, 어색한 분위기에 서둘러 자리를 피했던 기억이 납니다.

야동을 보는 것보다 그 사실을 숨겼던 제 모습이 더 창피했습니다. 이후로 저는 주위에 오히려 야동을 본다고 떠벌리며 공유를 요청하기도 했습니다.

희한하게 그러고 나니 오히려 보는 횟수도 줄고, 죄책감도 전혀 생기지 않더라고요.

#. 야동을 끊을 수가 없어요

Plan B 현실을 즐겨라

끊을 수가 없는 걸 우리는 '중독'이라고 하죠.

중독은 보통 우리가
현실에 만족할지 못할 때 생깁니다.
그래서 우리 뇌는 우리가 만족할 만한
그 무언가를 계속 갈구하고,
그것을 찾게 된다고 하더라도
현실과는 거리가 있기에
오랫동안 만족할 수 없는 겁니다.

내 만족을 이제는 현실에서 찾아보는 겁니다.

없애지 말고 줄여라
VS
현실을 즐겨라

Plan B+ 현실을 즐겨라

전 담배를 늦게 배운 편인데 늦게 배운 도둑질이 무섭다고 담배를 끊는 것이 생각보다 너무 어려웠습니다.

그러던 어느 날 너무 마음에 드는 여자를 만났습니다. 그런데 그녀는 담배를 너무 싫어했습니다. 그녀와 계속 함께 있고 싶어 꾀를 하나 냈습니다. 그리고 그녀에게 말했습니다.

"나 담배 피고 싶으면 너한테 갈 테니까 같이 있어줘. 담배 냄새 싫어하는 사람이랑 같이 있으면 어쩔 수 없이 못 필 테니까. 대신 같이 있는 시간 동안 음료는 내가 살 게."

그녀는 제 아이디어에 응했고 얼마 지나지 않아 전 담배도 끊고, 사랑스런 여자 친구까지 얻을 수 있었습니다.

그때의 경험을 살려 요즘은 헬스를 하고 있습니다. 24시간 헬스장을 끊어서 야동 생각이 나면 무조건 가서 파김치가 될 때까지 운동을 하고서 돌아오곤 합니다. 요즘은 야동 생각보다 장차 생길 복근 생각에 맘이 더 설렙니다.

#. 야동을 끊을 수가 없어요

나만의 방법 써보기

나만의 방법으로 나만의 색깔을 한 번 찾아 봐요!

#. 사람들 앞에만 서면 떨려서 말을 못하겠어요

Plan A 진실이다

가장 말을 잘하는 사람은
앉아서 말을 하는 때와
서서 말할 때가 같은 사람입니다.
그리고 그런 사람들을
우리는 MC, 소리꾼 등의 명칭으로 부릅니다.
즉, 전문가란 소리죠.
바꿔 말하면 우리는 꼭 그런 사람이
될 필요가 없다는 뜻입니다.

그럼에도 불구하고
그 자리에 섰다면 솔직히 말하세요.
"저는 말을 잘 못합니다."

진실이다
VS
가면을 써라

Plan A+ 진실이다

필자는 강의를 하는 횟수보다 강의를 듣는 횟수가 더 많을 정도로 강의를 많이 듣습니다. 배움에는 끝이 없기에 하나라도 더 배우려 하는 것이죠.

하루는 '로봇'을 주제로 한 과학자 분이 하시는 강의를 들을 기회가 있었습니다. 강의가 시작되자 그 분은 아무 말도 없이 한 로봇을 앞에 두고 작동시켰습니다.

그 로봇은 공을 차기도 하고, 계단을 오르기도 하는 등 많은 모습으로 대중들의 시선을 끌었습니다.

로봇의 시연이 전부 끝나고 그 과학자 분은 딱 한마디로 끝을 맺으셨습니다.

"저는 말을 잘 못합니다. 하지만 로봇은 잘 만듭니다. 이 로봇이 제가 만든 로봇입니다."

제가 들었던 강의 중 가장 짧은 멘트였지만, 가장 울림이 깊었던 강의였습니다.

#. 사람들 앞에만 서면 떨려서 말을 못하겠어요

Plan B 가면을 써라

영화를 볼 때
배우들의 혼신을 다한 연기를 보면
티켓값이 하나도 아깝지 않은 걸
여러분들도 아마 한 번쯤은 경험하셨을 겁니다.

영화나 연극에서 배우들은 본인을 잊습니다.
그리고 극중에서 다른 가면을 쓰고
완전히 다른 사람이 되는 거죠.

보통 앞에서 말할 때는 주제가 있죠.
그 주제에 맞는 가면을 쓰는 겁니다.
그리고 그 역할을 하면 됩니다.

진실이다
VS
가면을 써라

Plan B⁺ 가면을 써라

20대 시절 어린이집 체육교사로 아르바이트를 했던 적이 있었습니다. 처음이라 많이 어색했지만 그 중에서 가장 힘들었던 건 아이들 앞에서 체육 활동 전에 율동을 하는 것이었습니다.

노래 하나가 아직까지 기억에 남습니다. '고래 아저씨'란 곡이었는데, 창피한 마음에 소심하게 동작을 취하는 제 모습까지도 아이들은 정말 열심히 따라하는 것이었습니다. 속으로 제 뒤통수를 치며 저는 가상의 '고래 아저씨' 가면을 썼습니다. 그리곤 다시 힘차게 손발을 뻗으며 율동을 이어갔습니다. 그러자 아이들이 환호성까지 지르며 동작을 따라 하는 것이었습니다. 물론 어린이집 선생님들은 말할 것도 없고요.

그날 이후 전 초등학생 강의를 하면 '초등학생'이 되고, 어르신들 강의를 가면 '어르신'이 됩니다.

결과는 … 짐작하시죠?

#. 사람들 앞에만 서면 떨려서 말을 못하겠어요

나만의 방법 써보기

나만의 방법으로 나만의 색깔을 한 번 찾아 봐요!

#. 매사가 너무 부정적인 것 같아요

Plan A 조화

세상이 조화롭게 이루어질 수 있는 건
낮과 밤이 같이 존재하고,
남과 여가 같이 존재하고,
부정과 긍정이 같이 존재하는 까닭입니다.

이 세상에 긍정만 남아 있다면
세상을 바꿀 수 있는 용기인
비판이 없기에,
변화 없는 세상을
그대로 받아들여야만 하는
상황이 올지도 모릅니다.

조화
— VS —
괜찮아

Plan A+ 조화

대학생 시절 과회장을 한 적이 있었습니다. 학생회를 꾸릴 때 평소에 많이 아꼈던 한 후배에게 총무를 부탁했습니다. 그런데 막상 학기가 시작되니 새로운 안건을 낼 때마다 부정적인 시각으로 비판을 하는 까닭에 어느 것 하나 쉽게 일을 진행할 수가 없었습니다.

2006년 저희 과 마지막 정기총회 날 저희 학생회는 역대 가장 많은 학생들이 참여한 자리에서 '최고'라는 호칭과 함께 박수를 받았습니다.

그 친구 때문에 늘 2번, 3번 검토하고 일을 진행했기에 얻을 수 있었던 결과였습니다.

만약 그 친구와 함께였다면 지금 이 책이 출판되는 시기가 적어도 5년은 앞당겨졌을 것입니다.

#. 매사가 너무 부정적인 것 같아요

Plan B 괜찮아

우리는 우리도 모르는 사이에
이 말을 참 많이 씁니다.
"죽을 것 같다."

앞에 이유만 달라질 뿐입니다.
"배고파 죽을 것 같다."
"외로워 죽을 것 같다."
"공부하다가 머리 터져 죽을 것 같다."

아이러니하게도 전 "죽을 것 같다."면서 정작 죽는 사람은 단 한 번도 보질 못 했습니다. 그래서 전 늘 "죽을 것 같다."라고 말하는 사람에게 꼭 이 말을 해줍니다.

"이렇게 죽진 말자. 폼 나게 살진 못 해도, 폼 없이 죽진 말아야지."

조화
— VS —
괜찮아

Plan B+ 괜찮아

여느 날처럼 강의 준비를 하고 있는데 아내가 걱정스런 얼굴로 들어와서는 차사고가 났다며 울상을 지었습니다. 그래서 말했습니다.

"자긴 괜찮아?"

한 학교에서 강의를 하고 있었습니다. 쉬는 시간에 제 노트북 옆에서 장난을 치던 학생 중 한 명이 실수로 제 노트북을 떨어뜨렸습니다. 산지 얼마 되지 않아 새것이나 다름없었던 노트북이 박살 나는 순간이었습니다. 저는 무서운 얼굴로 학생의 이름과 전화번호를 물어보며 이 말을 덧붙였습니다.

"10년 거치, 무이자로 수리비 받을 테니까 꼭 10년 뒤에는 선생님보다 돈 많이 벌어야 한다."

그 친구의 대답이 더 웃겼습니다.

"선생님, 거치가 뭐예요?"

#. 매사가 너무 부정적인 것 같아요

나만의 방법 써보기

나만의 방법으로 나만의 색깔을 한 번 찾아 봐요!

#. 매일 경쟁에 숨 막혀 죽을 것 같아요

Plan A 내 속도

'경쟁의 배신'이란 책에서

마거릿 헤퍼넌은 말했습니다.

"경쟁은 누구도 승자를 만들지 않는다."

경쟁으로 끝없는 발전을 해온

우리 사람들에게 향한 큰 일침이었습니다.

경쟁은 내 속도가 아니라

다른 사람의 속도에 맞출 때

훨씬 힘든 법입니다.

적어도 오늘 만큼은

내 속도에 맞춰

경쟁을 해보는 건 어떨까요?

내 속도
VS
선택

Plan A+ 내 속도

어렸을 적 제 이름은 '김주현'이 아니라 '김석현 동생'이었습니다. 정신지체장애가 있었던 형을 챙겨야 했기에 전 제 또래들과 어울릴 시간이 별로 없었습니다. 그래서인지 전 그런 형이 너무 싫었고, 형만 챙기는 부모님까지 싫어졌습니다.

2006년, 아버지의 주식 실패로 힘들게 모았던 재산도 집도 전부 넘어갈 때, 그나마 작은 사글세 집이라도 구할 수 있었던 건 순전히 형 덕분이었습니다. 20살 때부터 하루도 빠지지 않고 공장해서 힘들게 일해서 번 급여 70만원을 매월 저금했던 돈이 큰 힘이 되었던 것입니다.

늘 나만 빠르다고 무시해왔던 형에게 저는 한참이나 뒤쳐져 있었습니다. 형은 단 한 번도 저나 다른 이의 속도를 맞췄던 게 아니라 자신만의 속도로 최선을 다해 살아온 것이었습니다.

#. 매일 경쟁에 숨 막혀 죽을 것 같아요

Plan B 선택

경쟁이 싫은 건 경쟁에 자신이 없는 이유겠죠?

그럴 수밖에 없을 겁니다.

우리 사람들은 대부분 비슷한 선택을 하거든요.

이왕 해야 할 경쟁이라면

지금 내가 살아남고,

더 즐길 수 있는 분야를 찾아보면 어떨까요?

180만 년 전 빙하기 모든 동물들이

더 좋은 땅을 찾아 초원을 찾을 때,

아무것도 없었던 사막을 택했던

'낙타' 처럼요.

내 속도
— VS —
선택

Plan B+ 선택

'전자제품 판매의 달인' 이야기를 들은 적이 있습니다.

아이 둘을 둔 한 아주머니의 이야기였는데 처음부터 판매 실적이 좋았던 것 아니었다고 합니다.

일을 하긴 해야겠는데 아이들까지 돌봐야 하는 상황에서 젊은 친구들과 경쟁하는 상황이 너무 힘들었던 그녀는 일반적인 곳에서의 경쟁은 승산이 없다고 생각하고 다른 경쟁터를 찾았다고 합니다.

그곳은 '문둥병' 환자들만 모여 사는 마을이었습니다. 전염성이 별로 높진 않으나 악병으로 여겨 사람들이 꺼리던 곳을 그녀는 선택했고, 그 마을 이장님 댁의 TV를 시작으로 판매를 시작했습니다.

이후 그녀는 TV말고도 그 회사의 모든 가전제품 판매에서 1위를 할 수 있었습니다.

#. 매일 경쟁에 숨 막혀 죽을 것 같아요

나만의 방법 써보기

나만의 방법으로 나만의 색깔을 한 번 찾아 봐요!

#. 자꾸 사람을 외모로 판단하게 돼요

Plan A 겉모습 보기

외모라고 대부분의 사람들이
'얼굴 생김새'를 말하는 경우가 많지만,
'외모(外貌)'의 진짜 의미는
'겉으로 드러나 보이는 모양'을 말합니다.
그러기에 당연히 외모는 판단 기준에 있어서
중요한 부분을 차지하는 것입니다.

음식도 어울리는 그릇이 있고,
그림도 어울리는 색깔이 있습니다.
물론 본질을 보는 '눈'이 가장 중요하겠지만요.

겉모습 보기 VS 속모습 보기

Plan A+ 겉모습 보기

처음 강의를 시작했을 때 저는 강의가 중요하지 제 복장은 그다지 중요하다고 생각하지 않았습니다. 그래서 강의보다 복장을 더 우선시 생각하는 동료 강사들을 보면서 속으로 비웃기까지 했습니다.

하지만 외모를 가꾸는 만큼, 강의도 많아지는 동료들을 보면서 반신반의로 저를 꾸미기 시작했습니다.

이후 강의는 한 주, 하루도 쉬는 날이 없을 정도로 많아졌고 그때 저는 깨달았습니다.

사람들은 선물을 보기 전에 선물을 둘러싼 포장지를 먼저 본다는 것을 말입니다.

#. 자꾸 사람을 외모로 판단하게 돼요

Plan B 속모습 보기

요즘 강의를 가면 이런 어려움을 토하는 학생들을 많이 만나게 됩니다.

"강사님, 면접을 볼 때 어떻게 대답을 해야 할지 잘 모르겠어요."

제 학생 중 한 명이 S호텔에서 면접을 볼 때 지원동기를 묻자, 자기 핸드폰을 꺼내어 면접관들에게 사진 한 장을 보여주었습니다. 그 사진은 S호텔 앞에서 밝게 웃으며 찍은 셀프 사진이었습니다. 그리고는 이 말을 덧붙였다고 합니다.

"저는 이 호텔 직원이 된 걸 상상할 때 가장 밝은 웃음이 나옵니다."

겉모습 보기 VS 속모습 보기

Plan B+ 속모습 보기

필자는 TV를 자주 보는 편이 아닌데 꼭 보는 예능 프로그램이 하나 있습니다. '정글'을 주제로 하는 프로그램인데 매번 힘든 환경이 주어져서인지 평소에 보지 못했던 출연자들의 본모습을 보게 됩니다.

그 본모습이 예뻤던 참가자들은 방송 이후로 인기를 더 얻기도 하고, 반대로 평소와 다른 본모습에 인기가 떨어지는 참가자들도 더러 보였습니다.

누가 함부로 보지 못하는 내 속모습까지 예쁘게 꾸미는 연습을 해보면 어떨까요? 제 경험이지만 속모습이 예쁜 사람이 보통 겉모습도 예쁘더라고요.

#. 자꾸 사람을 외모로 판단하게 돼요

나만의 방법 써보기

나만의 방법으로 나만의 색깔을 한 번 찾아 봐요!

#. 선택 장애가 있어요

Plan A 의지하기

내가 선택을 하기 힘들다면
당장 선택을 할 수 있는 사람에게
의지하는 것도 좋습니다.
단, 그 사람의 선택을 믿을 수 있을 정도로
신뢰는 있어야겠죠?

제 아내는 물건 구매 전에
항상 제 의견을 묻습니다.
문제는 제가 A를 고르면 무조건 B를 산다는 겁니다.
아직 신뢰를 얻기엔 시간이 좀 필요할 것 같습니다.

의지하기 VS 선실행 후생각

Plan A+ 의지하기

조선 시대 세종대왕님은 선택을 하는 입장에서도 선택을 하는 입장에서도, 선택거리를 찾는 입장에서도 늘 고민이 많으신 분이셨습니다. 그래서 늘 독단으로 결정하지 않으셨고 집현전 학사들에게 의견을 묻고, 실질적으로 정책을 펼 때는 우리나라 역사상 최초로 국민들에게 직접 의견을 묻기도 하였습니다.

이렇듯 선택의 과정을 먼저 의지했기에 신하들과 백성들은 세종대왕님 선택의 결과를 항상 믿고 따를 수 있었습니다.

선택은 남이 '장애'라고 여길 정도로 신중한 과정이어야 합니다. 그러기에 지혜를 모아야 합니다. 의지든 뭐든 좋습니다. 더 낳은 결과를 얻을 수 있다면 전 오늘도 그 누군가에게 도움을 구하겠습니다.

#. 선택 장애가 있어요

Plan B 선실행 후생각

많은 생각은 현명한 결과로 이어질 수 있지만,
더딘 일처리로 이어질 확률이 높을 뿐만 아니라
아예 실행을 못하는 경우도 많이 있습니다.

사람은 보통 잘 되는 경우의 수보다
안 되는 경우의 수를
훨씬 더 많이 생각하기 때문입니다.

모두 아시겠지만
생각만으로는 아무것도 바꿀 수가 없습니다.

의지하기 VS 선실행 후생각

Plan B+ 선실행 후생각

필자가 알고 있는 한 기업의 대표님은 어린 시절 촌에서 국가대표를 꿈꾸는 유도선수였습니다. 하지만 부상으로 그 꿈을 잃고서 무조건 서울로 상경했다고 합니다. 변두리 구석 공장에서 일을 시작했던 그분은 20개의 계열사를 꿈꾸는 위치에 이르기까지 단 한 번도 망설인 적이 없었다고 합니다. 그분이 강연에서 하셨던 말씀 중에 이런 구절이 있었습니다.

"유도에서 한 기술로 상대방을 넘어뜨리기 위해서는 똑같은 자세만 수천 번을 연습해서 자신의 것으로 만들어야 합니다. 하지만 그것도 실전에서 망설이는 순간 오히려 역공을 당할 수 있습니다. 그래서 전 뇌가 반응하기도 전에 실행하는 습관을 가졌고, 그것이 나중에 성공 습관으로 이어질 수 있었습니다."고 말씀하셨습니다.

실행하기 전 문제보다 실행한 후에 생기는 문제들이 훨씬 더 작을 가능성이 높습니다. 어느 쪽에 인생을 거시겠습니까?

#. 선택 장애가 있어요

나만의 방법 써보기

나만의 방법으로 나만의 색깔을 한 번 찾아 봐요!

#. '열정페이'를 계속 견뎌야 하나요?

Plan A 더 빨리

'열정페이'란 말을 만들어 낸 사람이
누군지는 잘 모르겠습니다.
그리고 좋은 의미의 단어가 아닌 것도 잘 알겠습니다.

하지만 그 단어를 처음 만든 사람이
저임금을 받으면서
자기만의 꿈을 이뤄낸 사람은 아닐 것 같습니다.

보통 자신의 꿈을 이룬 사람은
그 과정을 낮게 평가하진 않거든요.

더 빨리 VS 더 찾기

Plan A+ 더 빨리

'도대체 무슨 일을 해야 할까?'

사람들 앞에 서는 걸 좋아하는데 무대에 서기에는 부족한 재능 때문에 고민이 많았습니다. 그래서 무대에서 내 재능을 뽐내는 것이 아니라 사람들과 소통할 수 있는 강연을 하자고 마음먹었습니다. 쉽지 않은 길이었습니다. 경력이 없었기에 강연을 쉽사리 시켜주는 곳도 없었고, 기존 강사들에게 배움을 구하기는 더더욱 어려웠습니다. 그래서 제가 할 수 있었던 건 재능 기부 강사 활동이었습니다. 생활비가 부족해 밤에는 아르바이트를 하고 허기는 컵밥과 라면으로 때우며 6개월을 버텼습니다. 그때의 저를 지탱했던 건 '더 빨리'라고 스스로에게 외쳤던 의지였습니다. 더 빨리 실력 있는 강사가 되려고 노력했습니다.

전 지금도 보통 식사보다 컵밥을 먹을 때가 훨씬 많습니다. 아직 최고의 강사가 되지 못했기 때문입니다.

#. '열정페이'를 계속 견뎌야 하나요?

Plan B 더 찾기

'열정페이'를 받고 있다는 생각이 든다는 건
내 가치만큼 돈을 받고 있지 못한다는 겁니다.
그런데도 우리는 가만히 그 자리에서
불평을 늘어놓는 경우가 많습니다.

벗어나야 합니다. 그리고 비판해야 합니다.
더 나은 나무의 생장을 위해
가지치기가 필요하듯 더 나은 사회를 위해
옳지 않은 가치를 매기는 곳은
처벌받아야 합니다.

그 다음 찾는 겁니다.
제 가치를 올바르게 인정받을 곳을요.

더 빨리
— VS —
더 찾기

Plan B+ 더 찾기

그 옛날 '유방'이 중국 한(漢)나라를 일으킬 때 가장 중요한 역할을 했던 사람 중에 한 명이 바로 '한신'이란 장수였습니다. 처음에는 유방의 가장 큰 적이었던 '항우'의 휘하에 있었으나 그 능력을 인정받지 못해 유방의 밑으로 들어가 그 능력을 마음껏 발휘했던 것입니다.

"나를 찾는 곳이 없다."라고 말하는 사람들이 많습니다.

KFC의 창업자 커낼 샌더스는 나이 65세 때 사회보조금 '105불'과 '프라이드치킨 조리법'만 가지고 2년 동안 식당 주인을 찾아다녔고 거절당하기만 1008번, 1009번 째 드디어 KFC 1호점을 오픈합니다.

지금 KFC는 전 세계에 1만 3000여개의 프랜차이즈 매장을 갖고 있다고 합니다.

아직 나의 가치를 인정해 줄 곳이 많이 있습니다. 지금 당장 찾아보죠!

#. '열정페이'를 계속 견뎌야 하나요?

나만의 방법 써보기

나만의 방법으로 나만의 색깔을 한 번 찾아 봐요!

#. 혼자서 밥을 못 먹겠어요

Plan A 다른 시간에

혼자 밥을 먹지 못 하는 이유는

아마도 주위 사람들의 시선 때문일 겁니다.

집에서는 혼자서 먹는 게

전혀 어색하지 않으니까요.

결론은 주위사람이 없을 때 먹는 겁니다.

장소를 바꿔도 좋고,

시간을 바꿔도 좋습니다.

다른 시간에 VS 나 아닌 혼자

Plan A+ 다른 시간에

저는 혼자 밥 먹는 것을 아주 좋아합니다. 혼자 영화를 보는 것도 아주 좋아합니다. 그래서 밥을 먹을 때 주로 점심은 브런치로 오전 11시나 늦은 오후 2시, 저녁은 이른 오후 4시나 늦은 저녁 8시에 먹습니다. 영화는 조조나 심야로 주로 보는 편입니다.

혼자만의 시간을 즐기는 이유는 간단합니다. 내가 하고 싶은 대로 내 속도에 맞춰서 모든 걸 진행할 수 있기 때문입니다. 그래서 전 여행도 주로 혼자 갑니다. 빌게이츠도 1년에 2번은 '생각의 주간'이라 불리는 시간을 갖는다고 합니다. 제가 빌게이츠는 아니지만 '김주현'만의 시간을 갖고 난 후에 하는 강의와 쓰는 글은 언제나 기대 이상이었습니다.

#. 혼자서 밥을 못 먹겠어요

Plan B 나 아닌 혼자

요즘에는 '혼술', '혼밥'이라는
신조어가 유행할 정도로
혼자 자신만의 시간과 장소를
누리는 사람들이 많다고 합니다.

그 말은 지금 내가 혼자 밥을 먹고 있다면,
동시에 혼자 밥을 먹고 있는
다른 사람도 많다는 말일 겁니다.

그런 사람들에게 "저희 식사 같이 하죠!"라고
먼저 말을 붙여보면 어떨까요?

다른 시간에
VS
나 아닌 혼자

Plan B+ 나 아닌 혼자

처음 대학에 들어갔을 때, 그 과에 제가 아는 사람은 단 한명도 없었습니다. 신입생 오리엔테이션에서 멀뚱멀뚱 앉아있는데 옆에 한 친구가 말을 걸어왔습니다.

"안녕, 나 여기 아는 사람 아무도 없는데 이따 점심 같이 먹어주면 안될까?"

저는 얼떨결에 "그래."라고 대답했고, 대학을 졸업하고서도 지금까지 둘도 없는 친구로 사이를 유지하고 있습니다.

그 친구는 지금 일본에서 애니메이션 관련 일에 종사하고 있습니다. 일본으로 떠나기 전 "연고도 없는 곳에 가서 일하는 것이 두렵지 않아?"라고 묻자 그 친구가 대답했습니다.

"거기서도 분명 도움을 구할 때 '그래'라고 대답해 줄 친구가 있을 거야. 너처럼."

#. 혼자서 밥을 못 먹겠어요

나만의 방법 써보기

나만의 방법으로 나만의 색깔을 한 번 찾아 봐요!

#. 물만 먹어도 살이 쪄요

Plan A 물만 먹기

물만 먹어도 살이 찔까요?

정답은 No입니다.

물은 지방이 되고, 살이 되는

주영양소가 아니라

부영양소이기 때문입니다.

그럼에도 불구하고 살이 쪘다는 건

물이 아닌 다른 걸 먹었다는 결론이 나오겠죠?

진짜 일주일간 물만 먹고

체중을 한번 재어 보시겠어요?

물만 먹기
VS
양껏 먹기

Plan A+ 물만 먹기

“물만 먹어도 살이 쪄요.”, “풀만 먹어도 살이 쪄요.”라고 말하는 사람들을 많이 봤습니다.

하지만 24시간 본인이 정말 그렇게 하는 모습을 영상으로 찍어 보여주는 사람은 단 한명도 본적이 없습니다.

그래서 결국 제가 직접 시험을 해봤습니다. 일주일까진 시험을 못 했고, 6일 동안 물만 먹고 7일째 폭식을 했던 기억이 납니다.

해병대에서 ‘지옥주’를 버텼던 경험이 있었기에 그것도 도전할 수 있었습니다. 결과는 3.6kg 감량. 다음날 폭식 후 바로 자고 일어났더니 1.7kg로가 다시 쪘더라고요.

요즘엔 건강한 방식의 다이어트가 정말 많더라고요. 예쁜 몸매를 위해 예쁜 방법으로 시도를 해보는 건 어떨까요? 너무 극단적인 건 극단적인 결과를 낳더라고요.

#. 물만 먹어도 살이 쪄요

Plan B 양껏 먹기

"물만 먹고서라도 살을 빼겠다."는 건
물론 아름다운 몸매를 위해서겠지요?

아름다운 몸매로 하고 싶은 일이 무엇인지요?

세상에는 정말 맛있는 음식들이 많이 있는데
그 모든 걸 포기하고 할 만큼 간절한 일인가요?

물만 먹기 VS 양껏 먹기

Plan B+ 양껏 먹기

저는 얼굴이 예쁘고 몸매는 날씬한 여자를 좋아했습니다. 그래서 저 또한 똑같은 조건을 유지하기 위해 늘 식단 조절과 운동을 병행해야 했습니다.

지금의 아내도 저랑 만나기 위해서 피나는 다이어트를 했다고 합니다.

하지만 이제는 입장이 바뀌었습니다. 아내의 뛰어난 음식 솜씨 덕분에 결혼 후 1년도 안 되어 10kg가 넘게 살이 쪘고 아내는 "3kg로만 더 찌면 집에서 쫓아낸다." 고 으름장을 놓고 있습니다.

하지만 맛있는 음식의 행복을 맛 본 지금 저는 음식을 포기할 수가 없습니다. 그래서 운동량을 두 배로 늘렸습니다. 그리고 이번 주말에는 아내와 함께 부산 맛집으로 여행가기로 약속을 했습니다.

#. 물만 먹어도 살이 쪄요

나만의 방법 써보기

나만의 방법으로 나만의 색깔을 한 번 찾아 봐요!

#. 거절을 못하겠어요

Plan A 나눠서 거절하기

거절이 어려운 이유는
그동안 이어진 관계가 끊어질 수도 있다는
두려움 때문일 겁니다.

그런 이유로 거절을 못 하겠다면
큰 충격이 아니라
상대방이 알아채지 못할 만큼
작은 충격으로
거절을 하는 건 어떨까요?

그것 또한 상대방을 위한
엄청난 배려 아닐까요?

나눠서 거절하기
VS
똑똑한 거절

Plan A+ 나눠서 거절하기

저는 거절을 하는 몇 단계가 있습니다.

첫 번째는 공감을 합니다. 부탁을 하는 이유를 묻고 그 힘든 상황을 같이 나누려 노력합니다.

두 번째는 부탁을 한 사람에게 제가 첫 번째인지를 묻습니다. 첫 번째라면 "도와줄 사람이 더 있어 다행이다." 고 얘기하고, 두 번째 이상이라면 "도와줄 사람이 많아서 다행이다."라고 얘기합니다.

세 번째는 최소한으로 부탁의 양을 줄입니다. 예를 들어 100만원을 빌려달라고 했다면, 10만원으로 금액을 낮추고 기간 내에 돌려받아야 하는 이유를 설명하는 거죠.

경우에 따라 단계가 추가되기도, 줄기도 하지만 진심일 때 상대방은 거절을 훨씬 편하게 받아들이더라고요.

#. 거절을 못하겠어요

Plan B 똑똑한 거절

거절을 하지 못해서
시간을 질질 끌다가 오히려
"이럴 거면 진작에 거절하지."라며
오히려 원망을 듣는 경우가 있습니다.

때로는 단호한 거절이
필요할 때가 있습니다.
단, 관계에 금이 가지 않는
똑똑한 거절이어야 하겠죠?

나눠서 거절하기
VS
똑똑한 거절

Plan B+ 똑똑한 거절

친형보다도 가깝게 지냈던 형이 있었습니다. 어느 날 급한 일이 있어 50만 원만 빌려 달라기에 아무 생각 없이 돈을 건넸고 1년이 지나도 전 그 돈을 받을 수 없었습니다.

돈 때문에 친한 형을 잃기가 싫어 묻어 두고, 그랬던 일조차 잊어갈 때쯤 그 형은 다시 한 번 저에게 큰돈을 부탁했습니다. 저는 "경제권을 아내가 쥐고 있어서 빌려줄 수가 없다."고 거절을 했고, 그때 이후 그 형은 단 한 번도 저에게 돈과 관련된 부탁을 하지 않았습니다.

거절을 해야만 하는 상황을 만들어보세요. 희한한 건 이것도 자꾸 하다 보니 는다는 것입니다.

다행히 사업 때문에 빚졌던 돈도 잘 해결되어서 지금은 다시 의좋은 형제로 우애를 이어나가고 있습니다.

#. 거절을 못하겠어요

나만의 방법 써보기

나만의 방법으로 나만의 색깔을 한 번 찾아 봐요!

#. 저도 애인한테 큰소리 치고 싶어요

Plan A 큰 소리 전에 자기 소리

보통, 사람과 사람 사이에서
한쪽이 큰 소리를 내게 되면
다른 한쪽도 큰 소리를 내게 마련입니다.
그래서 큰 소리를 내기보다는
매력적인 자기 소리를 먼저 냈으면 하는 바람입니다.

진짜 애인이라면
'큰 나'보다는 '진짜 나'를
사랑하고 있을 테니까요.

큰소리 전에 자기 소리
VS
내 애인은 영원한 갑

Plan A+ 큰 소리 전에 자기 소리

한 학생에게서 전화가 한 통 걸려왔습니다. 여자 친구가 너무 제멋대로여서 감당하기가 너무 힘들다는 고민 전화였습니다. 그래서 물었습니다.

"여자 친구랑 헤어질 수 있어?"

"아니요, 그럴 수 없어요." 그래서 다시 물었습니다.

"여자 친구에게 얘기할 때 여자 친구 소리로 얘기해? 네 소리로 얘기해?"

"여자 친구는 여자 친구 소리로 얘기하는데 저는…. 저도 여자 친구 소리로 얘기하는 것 같아요."

"그럼 이젠 네 소리로 얘기하는 것부터 시작해보자. 여자 친구가 기대고 싶은 건 본인이 아니라 바로 너일 테니까."

며칠 후 그 친구에게서 다시 전화가 걸려 왔습니다. 굉장히 들뜬 목소리였습니다.

"여자 친구랑 처음으로 제가 보고 싶은 영화를 보러 가요. 감사해요, 선생님!"

#. 저도 애인한테 큰소리 치고 싶어요

Plan B 내 애인은 영원한 갑

큰 소리를 치고 싶다는 건 화가 쌓였다는 거겠죠?

흔히 "조건이 필요한 사랑은 사랑이 아니다."라고
많은 이들이 얘기합니다.
많은 사람들이 하나로 의견을 모은다는 건
다 이유가 있는 거겠죠?

처음 낯선 사람을 내 애인으로 만들고 싶었을 때
마음이 어땠는지 기억나세요?
무슨 일이든 할 수 있었을 겁니다.
누군가의 말처럼 '그 때'의 설렘만을 찾기 보다는
'그대'의 설렘을 평생 간직해 보는 건 어떨까요?

큰소리 전에 자기 소리 VS 내 애인은 영원한 갑

Plan B+ 내 애인은 영원한 갑

예전에 그런 얘기를 들은 적이 있습니다. 남자는 여자랑 사귈 때 마음을 반만 주고, 여자는 마음을 전부 준다고요. 그리고 헤어질 때, 여자는 줬던 마음을 전부 가져가고, 남자는 남겨뒀던 마음 반을 가져오지 못해 헤어진 여자를 잊지 못한다고 말이에요.

그 말을 듣고서 '온전히 맘 주기' 연습을 계속 해왔는데 맘처럼 쉽지가 않더라고요.

그런데 최근에 완전히 제가 을이고, 갑인 친구가 한 명 생겼습니다. 17개월 제 딸아이입니다.

말이 통하질 않아서 전 화를 내고 싶어도 화를 낼 수가 없습니다. 그저 사랑을 베풀고 그 마음이 전달되기를 원할 뿐입니다. 지금 글을 쓰고 있는 이 순간도 너무 보고 싶습니다. 아마 이 친구가 제 인생에서 평생 '갑'이 아닐까 싶습니다.

#. 저도 애인한테 큰소리 치고 싶어요

나만의 방법 써보기

나만의 방법으로 나만의 색깔을 한 번 찾아 봐요!

#. 제 주변에 적이 너무 많아요

Plan A 무시하기

적을 무시하라는 말이 아닙니다.

적과 싸울 수 있는 일을 무시하라는 겁니다.

'손자병법'에 이런 말이 있습니다.

"백전백승이 좋은 것은 아니니,

적과 싸우지 않고 굴복시키는 것이 좋다."

'적과의 싸움'에 에너지를 소비하는 것이 아니라

'적보다 나음'에 에너지를 더 많이 쓰는 건 어떨까요?

무시하기
VS
어제의 적이 오늘의 동지

Plan A+ 무시하기

대학 시절 학과에서 학회장을 맡고 있었을 때 하루는 후배가 전화가 와서 만남을 청하는 것이었습니다. 그 후배가 요즘 다단계에 빠져 있다는 소문을 들은 적이 있었습니다. 하지만 혹시나 도움이 않을까 싶어 만남을 가졌습니다. 아니나 다를까 다단계 영업을 같이 해보자는 제안을 했고, 저는 좋은 말로 그 친구의 마음을 돌리려 애썼습니다.

하지만 제 시도가 좋은 결과까지 이어지지는 않았습니다. 이후 그 친구는 "학회장 오빠는 큰소리만 치고 일은 하나도 안 한다."며 안 좋은 소문을 퍼뜨리기도 했습니다.

부회장이 조치를 취해야 한다며 팔팔 뛰었지만 저는 묵묵히 제 일을 했고 그 소문은 그리 오래가지 않았습니다. 그 후배가 자퇴를 해서 그 이후의 소식은 잘 모르겠지만 다단계의 유혹에서 발을 뺐기만을 바랄 뿐입니다.

#. 제 주변에 적이 너무 많아요

Plan B 어제의 적이 오늘의 동지

애플과 삼성이 '특허권'을 가지고
오랫동안 법정 싸움을 하는 뉴스를 본 적이 있습니다.

이해가 안 갔던 건 그런 사정에도 불구하고
애플 제품에 들어가는 부품 중에
삼성 제품이 있다는 것이었습니다.

적이지만 어쩔 수 없이 나를 찾아야 하는 적
분명 조건은 '적이 필요로 하는 능력'이
내게 있어야 하는 거겠지요?

무시하기
VS
어제의 적이 오늘의 동지

Plan B+ 어제의 적이 오늘의 동지

한국사를 공부하던 중 삼국시대 때 고구려, 백제, 신라뿐만 아니라 당나라 까지도 서로 동맹과 반목을 반복하는 모습을 보면서 '능력이 없으면 언제든 당할 수 있구나.'라는 생각을 언제나 해왔습니다. 하지만 실제로 저에게 그런 일이 일어날 줄은 몰랐습니다.

2006년 집이 부도로 경매에 붙여졌을 때 법원에서 저는 평소에 아버지와 가장 친하게 지내던 친구가 저희 집을 사러 온 것을 보았습니다. 나도 모르게 주먹이 쥐어졌지만 전 아무것도 할 수가 없었습니다.

10년이 훌쩍 지난 지금 빚을 다 갚고, 명절 때 촌에 내려가면 가끔씩 그 친구와 어울리는 아버지를 봅니다.

그때는 잘 이해가 안 갔지만 이제 좀 이해가 갑니다.

내 주변의 동지들이 언제나 적이 될 수 있듯이, 내 주변의 적들도 언젠가 내 동지가 될 수 있음을 말입니다.

#. 제 주변에 적이 너무 많아요

나만의 방법 써보기

나만의 방법으로 나만의 색깔을 한 번 찾아 봐요!

에필로그

+ 소위 잘나간다고 하는 프로 선수들을 보면 단 한 번도 자신의 진로에 의심을 가지질 않습니다. Plan B가 없는 거죠. 언제나 지금보다 더 나을 수 있는 Plan A+만을 고민할 뿐입니다. 이처럼 스스로에게 자신이 있는 타자는 삼진을 아무리 많이 당하더라도 꼭 홈런을 쳐낼 거라는 본인의 믿음에 흔들림이 없습니다.

하지만 우리 모두가 프로 선수일 수는 없습니다. 이 글을 쓰고 있는 저조차도 아마추어 강사이고, 아마추어 작가입니다. 그러기에 조금이나마 이 글을 읽을 저자들과 같은 입장에서 생각하고, 글을 쓰려 애썼습니다. 시중의 많은 책들이 훌륭한 인생 해답을 제시하는데 제 글만 독자들에게 판단의 역할을 떠넘긴 것 같아 머릿속 혼란이 오지 않을까 사실 걱정이 조금 되기도 합니다.

그래도 조금은 욕심을 내보렵니다. 이 책에 있는 이야기들이 조금이나마 독자들에게 오늘과 내일에 힘을 줄 수 있는 에너지가 되기를 바라봅니다. 멋있는 선택을 하는 데 있어서 좋은 방향 지침서가 될 수 있기를 바라봅니다. 마지막으로 거저 주시기에 저에게도 출간의 기회를 주신 가나북스 배수현 대표님, 마지막까지 디자인과 편집에 열정을 다해 도움 주신 가나북스 박수정 실장님 그리고 이 책에 등장하는 모든 소중한 인연들에게 감사드린다는 말을 꼭 전하고 싶습니다.